总主编 顾之川

执行总主编 耿建华

第二辑 现当代诗歌卷

我是朗读者

汉唐书局经典诵读文库

山东城市出版传媒集团·济南出版社

图书在版编目（CIP）数据

我是朗读者. 现当代诗歌卷 / 耿建华编著. —济南：济南出版社，2017.12
ISBN 978-7-5488-2791-7

Ⅰ.①我… Ⅱ.①耿… Ⅲ.①诗歌欣赏—中国—当代 Ⅳ.①I106

中国版本图书馆CIP数据核字（2017）第227362号

出 版 人	崔　刚
丛书策划	冀瑞雪
责任编辑	李廷婷
装帧设计	李海峰

出版发行	济南出版社
地　　址	山东省济南市二环南路1号（250002）
编辑热线	0531—86131747（编辑室）
发行热线	86131747　82709072　86131729　86131728（发行部）
印　　刷	山东新华印刷厂潍坊厂
版　　次	2018年8月第1版
印　　次	2018年8月第1次印刷
成品尺寸	150 mm×230 mm　16开
印　　张	9
字　　数	92千
印　　数	1—10000册
定　　价	28.00元

（济南版图书，如有印装错误，请与出版社联系调换。联系电话：0531-86131736）

总序言

顾之川

"推动全民阅读,构建书香社会"日益成为我国文化发展战略的重要组成部分,对于培育和践行社会主义核心价值观,提高国民思想道德素质和科学文化素质,建设社会主义文化强国,实现中华民族伟大复兴的中国梦具有重要意义。2017年《政府工作报告》中提出"大力推动全民阅读",国务院法制办随即发布《全民阅读促进条例(征求意见稿)》,指出国家将采取措施,支持和引导促进未成年人健康成长相关作品的创作出版。全民阅读的基础在校园,构建书香社会首先就是要构建书香校园。为此,山东城市出版传媒集团·济南出版社·汉唐书局策划了这套《我是朗读者》丛书,邀请一批高水平的语文教育专家精心结撰。现已初具规模,一至九年级上册已出版,一至九年级下册和高中分册即将出版。作为丛书总主编,我闻之则喜,乐为此序。

读书是教育的常识。读书的形式有多种,有精读,有略读;有速读,有浏览;有朗读,有默读等。其中朗读是我国教育的优良传统之一,也是语文学习的一种重要途径。汉语具有很强的韵律感和节奏感,尤其是古代优秀诗文。通过朗读,我们可以与经典对话,与大家交流,感悟语言之美,体会节奏之韵,领略声调之味,品鉴诗文之境,从而积累和丰富语言,感受其艺术魅力,提高理解能力和审美素养。朗读还有助于培养对语言的直觉思维能力,是提高写作水平和口语表达能力的好办法。人们说"功夫靠练,文章靠念"。古人云:"读书百遍,其义自见。""熟读唐诗三百首,不会吟诗也会吟。"《义务教育语文课程标准》(2011年版)指出:"各学段都要重视朗读训练。""要让学生在朗读中通过品味语言,体会作者及其作品中的情感态度,学习用恰当的语气语调朗读,表现自己对作者及其作品情感态度的理解。"这些都说明朗读在语文学习中的重要性。

语文学习关系着一个人的终身发展,社会语文素养的提高关系着国家的软实力和文化自信。对于中小学生来说,提高语文素养的主要途径,一是靠课堂有效教学,二是靠课外大量阅读,三是靠社会生活实践。语文学习不能只靠语文课本。要学好语文,课堂有效教学只是其中的一个方面,还必须伴以课外大量阅读,最好还能参与社会生活实践。无数经验证明,凡是语文学得好的学生,都是具有良好阅读习惯,都是在课外读了大量书的。学生书读得多了,自然会有自己的思考,把自己思考的成果说出来或写出来,就是口语交际和写作。所以,读书、思考和表达都是学好语文不可缺少的重要环节。关键是要引导学生激发阅读兴趣,掌握阅读方法,养成阅读习惯,感受书香魅力,这会让他们受益终生。

这套《我是朗读者》丛书精选适合朗读的古今中外文学经典作品,按照不同文体、时代和国别,分年级编写。本套书共25册,其中,小学和初中分上、下册,共18册,每册按周编排,便于学生有计划有选择地朗读;高中为单卷本,共7册。这套书对提高广大中小学生的语文素养大有裨益。如果能让朗读伴随成长,成为一种习惯,一种生活方式,用文学的汁液滋润人生,相信一定能够充实自己,濡染身心,滋养情怀,修养人格,增加生命的厚度。

2017年8月27日　序于南京秦淮河畔

目录

第一章　言志抒怀

1. 一句话 / 1
2. 狱中题壁 / 3
3. 让死的死去吧 / 5
4. 欢　乐 / 7
5. 我爱这土地 / 9
6. 肉　搏 / 10
7. 囚　歌 / 12
8. 人民万岁 / 13
9. 土地的记忆 / 16
10. 回　答 / 19
11. 相信未来 / 21

第二章　爱情歌吟

12. 教我如何不想她 / 23
13. 蕙的风 / 25
14. 再别康桥 / 27
15. 雨　巷 / 29
16. 雨　雪 / 32
17. 错　误 / 34
18. 一棵开花的树 / 35
19. 致橡树 / 36
20. 四月的纪念 / 39

第三章　亲情母爱

21. 纸船——寄母亲 / 43
22. 你是人间的四月天
　　　——一句爱的赞颂 / 44
23. 除夕之忆 / 46
24. 妈　妈 / 48

第四章　托物寄情

25. 蛇 / 50
26. 死　水 / 51

27. 潜入沙子的内心 / 53
28. 一片槐树叶 / 55
29. 红玉米 / 57
30. 悬崖边的树 / 60
31. 悼念一棵枫树 / 61
32. 华南虎 / 65
33. 秋 / 69
34. 白玉苦瓜 / 71
35. 伞 / 74
36. 雪白的墙 / 76
37. 上海软糖 / 79
38. 山楂 / 80
39. 木梳 / 82

第五章　锦绣山河

40. 春城 / 84
41. 采莲曲 / 86
42. 断章 / 89
43. 桂林山水歌 / 90
44. 黄河落日 / 95

45. 春天，遂想起 / 98
46. 看划龙船 / 101
47. 晚霞 / 103
48. 夜 / 105
49. 在漫长的旅途中 / 106
50. 我的南方和北方（朗诵版）/ 108
51. 昆仑　昆仑 / 111
52. 就是那一只蟋蟀 / 113
53. 在腾格里 / 117

第六章　人生写真

54. 爹的坟堆在秋雨中寂寞 / 118
55. 白洋淀的献诗 / 120
56. 我们的朋友 / 123
57. 父亲和我 / 125
58. 关机 / 127
59. 生活的洪流 / 129

附录　朗读资料卡 / 131

第一章 言志抒怀

1. 一句话

闻一多

有一句话说出就是祸，
有一句话能点得着火。
别看五千年没有说破，
你猜得透火山的缄默？
说不定是突然着了魔，
突然青天里一个霹雳
爆一声：
"咱们的中国！"

这话教我今天怎么说？
你不信铁树开花也可，
那么有一句话你听着：
等火山忍不住了缄默，

不要发抖,伸舌头,顿脚,

等到青天里一个霹雳

爆一声:

"咱们的中国!"

◎ 伴我朗读

这是一首激动人心的诗。诗人大声呼唤着一个摆脱了几千年封建束缚的中国,具有火山喷发和"青天霹雳"的强大力量,具有坚信铁树开花的自信。

言志抒怀

2. 狱中题壁

戴望舒

如果我死在这里,
朋友啊,不要悲伤,
我会永远地生存
在你们的心上。

你们之中的一个死了,
在日本占领地的牢里,
他怀着的深深仇恨,
你们应该永远地记忆。

当你们回来,从泥土
掘起他伤损的肢体,
用你们胜利的欢呼
把他的灵魂高高扬起。

然后把他的白骨放在山峰,

曝着太阳,沐着飘风:

在那暗黑潮湿的土牢,

这曾是他唯一的美梦。

　　　　　1942年4月27日

◎ 伴我朗读

　　这是诗人在狱中写的诗,他对爱国者给予高度的赞扬,赞扬他们为民族解放做出的牺牲,塑造出高高扬起灵魂、曝着太阳、沐着飘风的烈士形象。

3. 让死的死去吧

殷 夫

让死的死去吧!
他们的血并不白流,
他们含笑的躺在路上,
仿佛还诚恳地向我们点头。
他们的血画成地图,
染红了多少农村,城头。

他们光荣地死去了,
我们不能向他们把泪流。
敌人在瞄准了,
不要举起我们的手!

让死的死去吧!
他们的血并未白流,
我们不要悲哀或叹息,
漫漫的长途横在前头。

走去吧,

斗争中消息不要走漏,

他们尽了责任,

我们还要抖擞。

1929年1月

◎ **伴我朗读**

  这首诗表现了诗人坚定的革命信仰和不屈服的战斗意志,展示出他甘愿为人民解放而牺牲的崇高精神。

4. 欢　乐

何其芳

告诉我，
欢乐是什么颜色？
像白鸽的羽翅？鹦鹉的红嘴？
欢乐是什么声音？像一声芦笛？
还是从簌簌的松声到潺潺的流水？

是不是可握住的，如温情的手？
可看见的，如亮着爱怜的眼光？
会不会使心灵微微地颤抖，
或者静静地流泪，如同悲伤？

欢乐是怎样来的？从什么地方？
萤火虫一样飞在朦胧的树荫？
香气一样散自蔷薇的花瓣上？
它来时脚上响不响着铃声？

对于欢乐我的心是盲人的目,

但它是不是可爱的,如我的忧郁?

◎ **伴我朗读**

  诗人用一系列光明美好的意象歌唱了"欢乐",把"欢乐"情感视觉化、具象化,既温柔又亲切。最后又用自己心中的忧郁做了对比,更加反衬出"欢乐"的可爱。

言志抒怀

5. 我爱这土地

艾　青

假如我是一只鸟，

我也应该用嘶哑的喉咙歌唱：

这被暴风雨所打击着的土地，

这永远汹涌着我们的悲愤的河流，

这无止息地吹刮着的激怒的风，

和那来自林间的无比温柔的黎明……

——然后我死了，

连羽毛也腐烂在土地里面。

为什么我的眼里常含泪水？

因为我对这土地爱得深沉……

1938年11月17日

◎ 伴我朗读

　　诗人通过歌唱至死的鸟的意象，表达出对祖国土地的热爱。这首诗包含着愤怒、悲愤、希望交织的深沉的复杂感情，展示出诗人的爱国情怀和时代责任感。

6. 肉　搏

蔡其矫

白色的阳光照在高高的山上，

在那里，剧烈的战斗正在进行。

近旁，那青铜的军号悲壮地响起，

冲锋的军号，以庄严的声音，鼓舞我们的士兵。

一个青年，我们团里的一个新兵，

飞似的前进，子弹在脚下扬起缕缕烟尘。

而在山岩后，一个日本军曹迎上来。

于是开始了惊心动魄的肉搏战！

军号还在吹，山谷震响着喊杀声……

交锋几个回合，那青年猛力刺了一刀，

敌人来不及回避，也把刺刀迎面刺来，

两把刺刀同时刺入两人的胸膛，

两个人全静止般地对峙着，呵！决死的斗争！

只因为勇士的刺刀比日本人的刺刀短几分，

才没有叫战栗的敌人倒下来，

我们的勇士没有时间思索，有的是决心，

言志抒怀

他猛力把胸膛往前一挺,让敌人的刺刀穿过背梁,
勇士的刺刀同时深深地刺入敌人的胸膛,
敌人倒下,勇士站立着。山谷顿时寂静!
第二年,在那流血的地方来了一只山鹰,
它瞅望着,盘旋着,要栖息在英雄的坟墓上;
它仿佛是英雄的化身,不忍离开故乡的山谷。
过路的士兵呀!请举起你们的手向它致敬。

1942年　晋察冀

◎ 伴我朗读

  这首诗描写了抗日战场上一个震撼人心的肉搏战场景,细致地刻画出抗日队伍中一个新兵的英雄形象。诗人用诗句描写了惨烈的搏杀场景,展现出中国士兵决死抗战的英雄气概,也揭示了诗人对英雄的崇敬之情。

7. 囚　歌

叶　挺

为人进出的门紧锁着，

为狗爬出的洞敞开着，

一个声音高叫着：

——爬出来吧，给你自由！

我渴望自由，

但我深深地知道———

人的身躯怎能从狗洞子里爬出！

我希望有一天，

地下的烈火

将我连这活棺材一起烧掉，

我应该在烈火和热血中得到永生。

◎ 伴我朗读

　　这首诗表现了烈士甘愿为自由献身的宁死不屈的战斗精神。诗中设置了一个情境，"为人进出的门紧锁着/为狗爬出的洞敞开着"，借此表达出革命烈士视死如归的伟岸形象，以及他们坚定的理想信念。

8. 人民万岁

王怀让

你从韶山水田的黄色的阡陌上走来

你从安源煤矿的黑色的巷道里走来

你从湘乡的那棵垂挂着许多苦难的老葡树下走来

你从长沙的那口映照着许多血泪的清水塘畔走来

你走来，径直走上天安门城楼

向着创造历史的人民

用深沉的湖南口音高呼

——人民万岁！

你从可以望到民族志气的上海望志路走来

你从可以看穿世纪烟雨的南湖烟雨楼走来

你从八百里井冈的很有特色的中国的秋收里走来

你从二万五千里长征的很有气魄的中国的长跑中走来

你走来，大步走上天安门城楼

向着改造历史的人民

用洪亮的湖南口音高呼

——人民万岁！

你从万里雪飘的北国风光走来

你从顿失滔滔的大河上下走来

你从《史记》里的秦皇汉武的赫赫武功中走来

你从《资治通鉴》中的唐宗宋祖的奕奕文采里走来

你走来，很现实地走上天安门城楼

向着扭转乾坤的人民

用可以穿透乾坤的湖南口音高呼

——人民万岁！

你从照耀人民智慧的西江月辉里很抒情地走来

你从奔腾人民力量的满江红浪里很激情地走来

你从《送瘟神》的浮想联翩的兴奋的韵脚中走来

你从《到韶山》的夜不能寐的振奋的平仄里走来

你走来，很浪漫地走上天安门城楼

向着叱咤风云的人民

用可以驾驭风云的湖南口音高呼

——人民万岁！

言志抒怀

你走上天安门城楼是为了高呼人民万岁

人民才用自己的身躯把天安门托得如此峨峨巍巍

你走上天安门城楼是为了高呼人民万岁

人民才用自己的血汗把天安门染得这样如描如绘

你走上天安门城楼是为了高呼人民万岁

把握历史的人民才会让你在史册上永放光辉

你走上天安门城楼是为了高呼人民万岁

主宰世界的人民才会让你在世界上万古永垂

这就是你教给我们的哲学

这就是你教给我们的真理

呼人民万岁的人

他活着的时候人民才会向着他高呼万岁

呼人民万岁的人，呼人民万岁的人　他　他走了……

可他的思想却可以万岁万万岁

——人民万岁

◎ 伴我朗读

　　这首诗歌颂了毛泽东同志光辉的一生，把他的浪漫诗词和革命生涯交织在一起，突出了他爱人民、为人民的崇高品格。全诗用"人民万岁"的口号贯穿始终，排比式诗句很有气势，读来朗朗上口。

9. 土地的记忆

吴开晋

土地是有记忆的

正如树木的年轮

一年一道沟壑

贮存着亿万种声音

当太阳的磁针把它划拨

便会发出历史的回声

听！那隆隆作响的

是明斯克和诺曼底的炮声

还夹着万千染血的呐喊

那裂人心肺的

是奥斯威辛和南京城千万冤魂的呻吟

还有野兽们的狂呼乱叫

那震人心魄的

是攻占柏林和塞班岛的号角

言志抒怀

还有枪刺上闪耀的复仇怒吼
莫要说那驱除魔鬼的炮声
已化为节日的焰火,高高升入云端
莫要说那焚尸炉内的骨灰
已筑入摩天大楼的基础,深深埋入地层
莫要说被野兽剖腹孕妇的哀嚎
已化为伴随婴儿的和谐音符
莫要说被试验毒菌吞噬的痛苦挣扎
已化为无影灯下宁静的微笑
这些早已过去
如烟云漂浮太空
安乐是一种麻醉剂
人们也许把过去遗忘

但土地不会忘记

它身上留有法西斯铁蹄践踏的伤痛

留有无数反抗者浇铸在纪念碑里的呼喊

每当黎明到来

它便在疼痛中惊醒

◎ 伴我朗读

  诗人把土地比作唱片，让它发出记忆的历史声音，再现了第二次世界大战期间的枪炮声、哭喊声、怒吼声，痛斥法西斯的战争罪行，发出了世界和平的呼声。诗人还指出不能遗忘过去，不能遗忘法西斯的罪行。这首诗构思严谨，语言有力，有很强的现实警示作用。

10. 回　答

北　岛

卑鄙是卑鄙者的通行证，
高尚是高尚者的墓志铭，
看吧，在那镀金的天空中，
飘满了死者弯曲的倒影。

冰川纪过去了，
为什么到处都是冰凌？
好望角发现了，
为什么死海里千帆相竞？

我来到这个世界上，
只带着纸、绳索和身影，
为了在审判之前，
宣读那些被判决了的声音。

告诉你吧,世界,
我——不——相——信!
纵使你脚下有一千名挑战者,
那就把我算作第一千零一名。

我不相信天是蓝的,
我不相信雷的回声,
我不相信梦是假的,
我不相信死无报应。

如果海洋注定要决堤,
就让所有的苦水都注入我心中,
如果陆地注定要上升,
就让人类重新选择生存的峰顶。

新的转机和闪闪星斗,
正在缀满没有遮拦的天空。
那是五千年的象形文字,
那是未来人们凝视的眼睛。

◎ 伴我朗读

《回答》是北岛的代表作,诗中舍生取义的精神,表现出一代人的责任和担当,以及对未来的希望和信念。

11. 相信未来

食 指

当蜘蛛网无情地查封了我的炉台
当灰烬的余烟叹息着贫困的悲哀
我依然固执地铺平失望的灰烬
用美丽的雪花写下:相信未来

当我的紫葡萄化为深秋的露水
当我的鲜花依偎在别人的情怀
我依然固执地用凝霜的枯藤
在凄凉的大地上写下:相信未来

我要用手指那涌向天边的排浪
我要用手掌那托住太阳的大海
摇曳着曙光那支温暖漂亮的笔杆
用孩子的笔体写下:相信未来

我之所以坚定地相信未来
是我相信未来人们的眼睛

她有拨开历史风尘的睫毛

她有看透岁月篇章的瞳孔

不管人们对于我们腐烂的皮肉

那些迷途的惆怅、失败的苦痛

是寄予感动的热泪、深切的同情

还是给以轻蔑的微笑、辛辣的嘲讽

我坚信人们对于我们的脊骨

那无数次的探索、迷途、失败和成功

一定会给予热情、客观、公正的评定

是的,我焦急地等待着他们的评定

朋友,坚定地相信未来吧

相信不屈不挠的努力

相信战胜死亡的年轻

相信未来、热爱生命

◎ **伴我朗读**

  诗中,诗人发出了"相信未来、热爱生命"的呼声。这呼声表达出他对未来的希望,对美好人性的召唤,以及对个体生命的珍惜。

第二章　爱情歌吟

12. 教我如何不想她

刘半农

天上飘着些微云，
地上吹着些微风。
啊！
微风吹动了我的头发，
教我如何不想她？

月光恋爱着海洋，
海洋恋爱着月光。
啊！
这般蜜也似的银夜。
教我如何不想她？

水面落花慢慢流，
水底鱼儿慢慢游。
啊！
燕子你说些什么话？
教我如何不想她？

枯树在冷风里摇,

野火在暮色中烧。

啊!

西天还有些儿残霞,

教我如何不想她?

    1920年9月4日　伦敦

◎ 伴我朗读

  这首出现在新诗早期的爱情诗,十分优美。诗人在四个场景中展开诗情,节奏舒缓,抒情柔美。微云、微风是淡淡的,月光是明亮的,流水和游鱼是慢慢的,而思念之情却是长长的、浓浓的。这首在异国写的诗不仅是献给爱人的,也是献给祖国的!

13. 蕙的风

汪静之

是哪里吹来
这蕙花的风——
温馨的蕙花的风?

蕙花深锁在园里,
伊满怀着幽怨。
伊底幽香潜出园外,
去招伊所爱的蝶儿。

雅洁的蝶儿,
薰在蕙风里:
他陶醉了;
想去寻着伊呢。

他怎寻得到被禁锢的伊呢？
他只迷在伊底风里，
隐忍着这悲惨而甜蜜的伤心，
醺醺地翩翩地飞着。

1921年9月3日

◎ **伴我朗读**

  这首早期的白话爱情诗，表现的是"蕙花的风"中的蝶花之恋，是对美好爱情的寻找。"伊"就是她，是他的爱人。他虽陶醉于"伊"，但"伊"还"被禁锢"着，"他只迷在伊底风里／隐忍着这悲惨而甜蜜的伤心"。也许正因为没得到，所以才显得爱情更可贵吧！

14. 再别康桥

徐志摩

轻轻的我走了,

正如我轻轻的来;

我轻轻的招手,

作别西天的云彩。

那河畔的金柳,

是夕阳中的新娘;

波光里的艳影,

在我的心头荡漾。

软泥上的青荇,

油油的在水底招摇:

在康河的柔波里,

我甘心做一条水草!

那榆阴下的一潭,

不是清泉,是天上虹

揉碎在浮藻间,

沉淀着彩虹似的梦。

寻梦?撑一支长篙,

向青草更青处漫溯,

满载一船星辉,

在星辉斑斓里放歌。

但我不能放歌,

悄悄是别离的笙箫;

夏虫也为我沉默,

沉默是今晚的康桥!

悄悄的我走了,

正如我悄悄的来;

我挥一挥衣袖,

不带走一片云彩。

写于1928年11月6日

◎ 伴我朗读

　　写别离,不写人而写桥,体现了诗人特别的构思,因为这桥下曾留下过爱的甜蜜,写别桥也就是写与恋情的告别。所以诗中的意象艳丽而柔美,如"河畔的金柳"和柔波里的"水草",还有"彩虹似的梦"。全诗节奏轻缓,感情柔美。

15. 雨　巷

戴望舒

撑着油纸伞，独自
彷徨在悠长，悠长
又寂寥的雨巷，
我希望逢着
一个丁香一样的
结着愁怨的姑娘。

她是有
丁香一样的颜色，
丁香一样的芬芳，
丁香一样的忧愁，
在雨中哀怨，
哀怨又彷徨；

她彷徨在这寂寥的雨巷，
撑着油纸伞

像我一样,
像我一样地
默默彳亍着,
冷漠,凄清,又惆怅。

她静默地走近
走近,又投出
太息一般的眼光,
她飘过
像梦一般的,
像梦一般的凄婉迷茫。

像梦中飘过
一枝丁香的,
我身旁飘过这女郎;
她静默地远了,远了,
到了颓圮的篱墙,
走尽这雨巷。

在雨的哀曲里,
消了她的颜色,

爱情歌吟

散了她的芬芳,
消散了,甚至她的
太息般的眼光,
她丁香般的惆怅。

撑着油纸伞,独自
彷徨在悠长,悠长
又寂寥的雨巷,
我希望飘过
一个丁香一样的
结着愁怨的姑娘。

◎ 伴我朗读

　　这首诗是弥漫在江南雨巷里的"哀曲",情感缠绵悠长,正与"雨巷"意象合拍。失意却不失望,迷惘中又带着期望。"丁香一样的/结着愁怨的姑娘",那么可爱!怎么才能够逢着她呢?

16. 雨　雪

金克木

我喜欢下雨下雪，
因为雨雪是你的名字

我喜欢雨和雨中的小花伞
我们可以把脸在伞下藏着
我可以仔细比比雨丝和你的头发
还可以大胆一点偷看你的眼睛

我喜欢有一阵微风迎面走来
于是你笑了笑，把伞转向前面
我喜欢假装数伞上的花纹
却偷眼看伞的红光映上你的脸
于是，我们把脚步放得更慢更慢
慢慢听迎面来的细雨的雨点

爱情歌吟

我喜欢春天的江南,江南的春天

我喜欢微雨的黄昏,黄昏的微雨

我喜欢微雨中小小的红花纸伞

我喜欢下雨,因为我喜欢你

但我更喜欢晶莹的白雪

愿意做雪下的柔软的泥

◎ 伴我朗读

　　一把伞拉近了爱人之间的距离,"我们可以把脸在伞下藏着/我可以仔细比比雨丝和你的头发/还可以大胆一点偷看你的眼睛",这个雨中伞下的情景是多么甜蜜啊。诗人爱屋及乌,因为喜欢爱人,所以喜欢爱人手中的伞和伞上的雨。

17. 错　误

郑愁予

我打江南走过

那等在季节里的容颜如莲花的开落

东风不来，三月的柳絮不飞

你底心如小小的寂寞的城

恰若青石的街道向晚

跫音不响，三月的春帷不揭

你底心是小小的窗扉紧掩

我达达的马蹄是美丽的错误

我不是归人，是个过客……

◎ 伴我朗读

　　诗人用富有古典气息的意象，描绘出一幅思妇盼归人的画面。江南小城里，一位女子盼望着爱人归来，她"春帷不揭""窗扉紧掩"，只为爱人守着寂寞。春天来了，她听见马蹄声，以为是爱人归来，没想到却只是一个过客，那马蹄声就成了一个美丽的"错误"。

18. 一棵开花的树

席慕蓉

如何让你遇见我

在我最美丽的时刻　为这

我已在佛前　求了五百年

求他让我们结一段尘缘

佛于是把我化作一棵树

长在你必经的路旁

阳光下慎重地开满了花

朵朵都是我前世的盼望

当你走近　请你细听

那颤抖的叶是我等待的热情

而当你终于无视地走过

在你身后落了一地的

朋友啊　那不是花瓣

是我凋零的心

◎ 伴我朗读

　　诗中树的意象很完整，也很有创意。树上的花，朵朵都是"我前世的盼望"，而落地的花瓣却是"我凋零的心"。

19. 致橡树

舒 婷

我如果爱你——

绝不像攀缘的凌霄花

借你的高枝炫耀自己；

我如果爱你——

绝不学痴情的鸟儿

为绿荫重复单纯的歌曲；

也不止像泉源，

常年送来清凉的慰藉；

也不止像险峰

增加你的高度，衬托你的威仪。

甚至日光。

甚至春雨。

不，这些都还不够！

我必须是你近旁的一株木棉，

作为树的形象和你站在一起。

爱情歌吟

根,紧握在地下

叶,相触在云里。

每一阵风过,

我们都互相致意,

但没有人

听懂我们的言语。

你有你的铜枝铁干

像刀,像剑,

也像戟;

我有我红硕的花朵

像沉重的叹息,

又像英勇的火炬。

我们分担寒潮、风雷、霹雳;

我们共享雾霭、流岚、虹霓。

仿佛永远分离,

却又终身相依。

这才是伟大的爱情,

坚贞就在这里:

爱——
不仅爱你伟岸的身躯，
也爱你坚持的位置，足下的土地。

◎ **伴我朗读**

  这首诗把男女双方比喻成橡树和木棉树，通过这两个对等的意象，表现出男女平等的爱情观。男女双方"作为树的形象"并肩站在一起，这才是坚贞的爱情、伟大的爱情。

20. 四月的纪念

刘 擎 王 嫣

男：二十岁，我爬出青春的沼泽

像一把伤痕累累的六弦琴

喑哑在流浪的主题里

男：你来了

女：我走向你

男：用风铃草一样亮晶晶的眼神

女：你说你喜欢我的眼睛

男：擦拭着我裸露的孤独

女：孤独，为什么你总是孤独？

男：真的

女：真的吗？

男：第一次

女：第一次吗？

男：太阳暖融融的手

女：暖融融的

男：轻轻的

女：轻轻的

男：碰着我了

女：碰你了吗？

男：于是往事再也没有冻结愿望

女：往事再也没有冻结愿望

男：我捧起我的歌，捧起一串串曾被辜负的音符

女：我捧起我的歌，捧起一串串曾被辜负的音符

男：走进一个春日的黄昏

女：一个黄昏，一个没有皱纹的黄昏

男：和黄昏里不再失约的车站

女：不再失约，永远不再失约

男：四月的那个晚上没有星星和月亮

女：没有星星也没有月亮那个晚上很平常

男：我用沼泽的经历交换了你过去的故事

女：谁都无法遗忘，沼泽那么泥泞故事那么忧伤

男：这时候你在我的视网膜里潮湿起来

女：我翻着膝盖上的一本诗集，一本惠特曼的诗集

男：我看见你是一只纯白的飞鸟

女：我在想你在想什么

男：我知道美丽的笼子囚禁了你

也养育了你绵绵的孤寂和优美的沉静

女：是的，养育了我也囚禁了我

男：我知道你没有料到会突然在一个早晨

开始第一次放飞，而且正好碰上下雨

女：是的，第一次放飞就碰上下雨

男：我知道雨水打湿了羽毛沉重了翅膀也忧伤了你的心

女：是的，雨水忧伤了我的心

男：没有发现吗？

女：你在看着我吗？

男：我温热的脉搏正在申请一个无法诉说的冲动

女：真想抬起眼睛看看你

男：可你却没有抬头

女：没有抬头我还在翻着那本惠特曼的诗集

男：也许我并不是岩石并不是堤坝

女：不是岩石也不是堤坝

男：并不是可以依靠的坚实的大树

女：也不是坚实的大树

男：可是如果你愿意

女：你说如果我愿意

男：我会用勇敢的并不宽阔的肩膀

和一颗高原培植的忠实的心

为你支撑起一块永远没有委屈的天空

女：没有委屈的天空，你说如果我愿意

男：是的如果你愿意

男：如果，你愿意

女：我愿意

◎ **伴我朗读**

　　这是一首流传甚广的朗诵诗，男女二人深情地对诵，饱含着脉脉深情，展现出初恋的纯洁和美好，拨动了无数青春男女的心弦。诗人用流畅的语言和重复的和弦，谱写出浪漫的爱情心语。

第三章 亲情母爱

21. 纸 船
—— 寄母亲

冰 心

我从来不肯妄弃了一张纸,
总是留着——留着,
叠成一只一只很小的船儿,
从舟上抛下在海里。
有的被天风吹卷到舟中的窗里,
有的被海浪打湿,沾在船头上。
我仍是不灰心地每天地叠着,
总希望有一只能流到我要它到的地方去。
母亲,倘若你梦中看见一只很小的白船儿,
不要惊讶它无端入梦。
这是你至爱的女儿含着泪叠的,
万水千山,求它载着她的爱和悲哀归去。

1923年8月27日

◎ 伴我朗读

这首诗以一个童心未泯的孩子的口吻写成,纸船承载着诗人对母亲最深厚的情感。诗人通过叠纸船的方式,寄托了对母亲的思念。

22. 你是人间的四月天
——一句爱的赞颂

林徽因

我说你是人间的四月天；
笑响点亮了四面风；轻灵
在春的光艳中交舞着变。

你是四月早天里的云烟，
黄昏吹着风的软，星子在
无意中闪，细雨点洒在花前。

那轻，那娉婷，你是，鲜妍
百花的冠冕你戴着，你是
天真，庄严，你是夜夜的月圆。

亲情母爱

雪化后那片鹅黄，你像；新鲜
初放芽的绿，你是；柔嫩喜悦
水光浮动着你梦期待中白莲。

你是一树一树的花开，是燕
在梁间呢喃，——你是爱，是暖，
是希望，你是人间的四月天！

◎ 伴我朗读

　　这是一首饱含着爱意的诗。诗中用"人间的四月天"比喻可爱的孩子，由此展开了一系列充满柔情的美丽意象：星子、细雨点、百花、月圆、白莲……这些切合着初夏四月的意象明媚、轻柔，充满了爱和温暖，也表现出母亲对孩子寄予的美好希望。

23. 除夕之忆

桑恒昌

每当写到母亲
我的笔
总是
跪着行走

如果母亲是鱼
她会剥下
所有带血的鳞片
为儿女
做衣裳

母亲用五更灯火
纺了一根脐带
我把它走成
一万里
尽是滔滔的江河

亲情母爱

今夜母亲又会在

年头和岁尾的

路口等我

再一次

将儿子

连根拔起

◎ 伴我朗读

　　诗人极尽笔力写母亲对儿子的爱和儿子对母亲的情。意象运用得极准确，语言锤炼得极精粹，诗意表达得极充分。简短、有力、深情是桑恒昌怀亲诗的特点。

24. 妈　妈

江　非

妈妈，你见过地铁吗

妈妈，你见过电车吗

妈妈，你见过玛丽莲·梦露

她的照片吗

妈妈，你见过飞机

不是飞在天上的一只白雀

而是落在地上的十间大屋吗

你见过银行的点钞机

国家的印钞机

门前的小河一样

哗哗的点钱声和唰唰的印钞声吗

妈妈，你知道吗

地铁在地下

电车有辫子

梦露也是个女人

她一生很少穿长裤吗

亲情母爱

妈妈,今天你已经爬了两次山坡

妈妈,今天你已拾回了两捆柴火

天黑了,四十六岁了

你第三次背回的柴火

总是比前两次高得多

◎ 伴我朗读

口语写诗是当下的风尚,但是写出真情、写得好的不多。这首诗用明白如话的口语,表达出对生活在农村的妈妈的深情。诗人的妈妈没见过繁华都市里的一切,每天爬山背柴,天黑了才能回家。诗人把对妈妈的关切与爱藏进了看似平静的叙述中。

第四章 托物寄情

25. 蛇

冯 至

我的寂寞是一条长蛇,
静静地没有言语。
你万一梦到它时,
千万呵,不要悚惧。

它是我忠诚的侣伴,
心里害着热烈的相思;
它想那茂密的草原——
你头上的、浓郁的乌丝。

它月影一般轻轻地
从你那儿轻轻走过;
它把你的梦境衔了来,
像一只绯红的花朵。

◎ 伴我朗读

  诗人很善于用比喻意象,如将暗恋之思说成是"寂寞",并将其比喻成蛇,想象奇特。这条相思之蛇不仅不会使人害怕,而且是"我忠诚的侣伴"。诗人还将"头上的、浓郁的乌丝"比喻成"茂密的草原",特别形象。

26. 死　水

　　闻一多

这是一沟绝望的死水，
清风吹不起半点漪沦。
不如多扔些破铜烂铁，
爽性泼你的剩菜残羹。

也许铜的要绿成翡翠，
铁罐上锈出几瓣桃花；
再让油腻织一层罗绮，
霉菌给他蒸出些云霞。

让死水酵成一沟绿酒，
漂满了珍珠似的白沫；
小珠们笑声变成大珠，
又被偷酒的花蚊咬破。

那么一沟绝望的死水，
也就夸得上几分鲜明。
如果青蛙耐不住寂寞，
又算死水叫出了歌声。

这是一沟绝望的死水，
这里断不是美的所在，
不如让给丑恶来开垦，
看它造出个什么世界。

◎ **伴我朗读**

　　这首诗用死水意象，揭露和讽刺了腐败不堪的旧社会，表达了对当时统治环境的愤懑，也表达出诗人深沉的爱国主义情感。这首诗节奏分明，音韵铿锵；形式方正整齐，形成均衡的建筑美。诗人突出了意象色彩，创造出美丑迥异、富有暗示性的画面。

27. 潜入沙子的内心

迟 云

无疑
声音传递思想与感情

一些人的声音
通过声道的震颤嘶喊出来
一些人的声音
经过肺腑的处理挤压出来

有的声音仅仅是一种声响
空洞肤浅苍白得如没有写字的纸张
甚至充满异味
仿佛刚刚逃离肛门的捆绑

最深沉的思想情感不通过声音传达
比如父亲的粗瓷碗盛满了期许与哀怨

比如一粒沉寂的沙子

经历过岩浆的迸裂喷发

经历过斗转星移的分裂风化

却始终不说一句话

我渴望听到天籁般的声音

我更愿意潜入一颗沙子的内心

细数它心灵上斑驳的纹痕

领悟曾经的炽热与风霜

然后

在孤独中磨平一切无意义的臆想

◎ 伴我朗读

"沙子"是无名的个体,但也有着生动细节和细腻内心,它们沉默,并持续地被剥夺:"我更愿意潜入一颗沙子的内心/细数它心灵上斑驳的纹痕/领悟曾经的炽热与风霜/然后/在孤独中磨平一切无意义的臆想"。这首诗体现了诗人思考维度的多维化和复杂化,使读者更能体验和领悟到诗人面对这个世界冷静的思考和从容的考量。

28. 一片槐树叶

纪　弦

这是全世界最美的一片，
最珍奇，最可宝贵的一片，
而又是最使人伤心，最使人流泪的一片，
薄薄的，干的，浅灰黄色的槐树叶。

忘了是在江南，江北，
是在哪一个城市，哪一个园子里捡来的了，
被夹在一册古老的诗集里，
多年来，竟没有些微的损坏。

蝉翼般轻轻滑落的槐树叶，
细看时，还沾着些故国的泥土啊。

故园哟，啊，啊，要等到何年何月何日
才能让我回到你的怀抱里　去享受一个世界上最愉快的
飘着淡淡的槐花香的季节？

◎ **伴我朗读**

  诗人翻看旧书时，看到一片夹在书中的槐树叶，并由此触动了情弦，于是他写下了这首诗。本诗借一片槐树叶的意象，寄托了诗人思乡盼归的情感，开头以槐树叶起，结尾用期盼重回槐花飘香的季节收，首尾呼应，一气呵成。

29. 红玉米

痖 弦

宣统那年的风吹着
吹着那串红玉米

它就在屋檐下
挂着
好像整个北方
整个北方的忧郁
都挂在那儿

犹似一些逃学的下午
雪使私塾先生的戒尺冷了
表姊的驴儿就拴在桑树下面

犹似唢呐吹起
道士们喃喃着
祖父的亡灵到京城去还没有回来

犹似叫哥哥的葫芦儿藏在棉袍里
一点点凄凉，一点点温暖
以及铜环滚过岗子
遥见外婆家的荞麦田
便哭了

就是那种红玉米
挂着，久久地
在屋檐底下
宣统那年的风吹着

你们永不懂得
那样的红玉米
它挂在那儿的姿态
和它的颜色
我的南方出生的女儿也不懂得
凡尔哈仑也不懂得

> 托物寄情

犹似现在

我已老迈

在记忆的屋檐下

红玉米挂着

一九五八年的风吹着

红玉米挂着

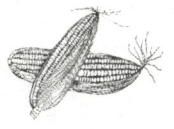

◎ **伴我朗读**

　　这首诗用红玉米意象串联起儿时农村生活的回忆，充满了思乡之情。诗人16岁离开家乡，但家乡永久地印在他的心底，挂在记忆里的屋檐下的红玉米也永远挂在他的心里。

30. 悬崖边的树

曾　卓

不知道是什么奇异的风
将一棵树吹到了那边——
平原的尽头
临近深谷的悬崖上

它倾听远处森林的喧哗
和深谷中小溪的歌唱
它孤独地站在那里
显得寂寞而又倔强

它的弯曲的身体
留下了风的形状
它似乎即将倾跌进深谷里
却又像是要展翅飞翔——

伴我朗读

在苦难的日子里，诗人就像悬崖边的树，"孤独地站在那里/显得寂寞而又倔强"。诗人借悬崖边的树这一意象，表达出他内心的反抗情绪。

31. 悼念一棵枫树

牛　汉

我想写几页小诗，把你最后的绿叶保留下几片来。

————摘自日记

湖边山丘上

那棵最高大的枫树

被伐倒了……

在秋天的一个早晨

几个村庄

和这一片山野

都听到了，感觉到了

枫树倒下的声响

家家的门窗和屋瓦

每棵树，每根草

每一朵野花

树上的鸟，花上的蜂

湖边停泊的小船

都颤颤地哆嗦起来……

是由于悲哀吗?

这一天

整个村庄

和这一片山野上

飘忽着浓郁的清香

清香

落在人的心灵上

比秋雨还要阴冷

想不到

一棵枫树

表皮灰暗而粗犷

发着苦涩气息

但它的生命内部

却贮蓄了这么多的芬芳

芬芳

使人悲伤

托物寄情

枫树直挺挺地

躺在草丛和荆棘上

那么庞大,那么青翠

看上去比它站立的时候

还要雄伟和美丽

伐倒三天之后

枝叶还在微风中

簌簌地摇动

叶片上还挂着明亮的露水

仿佛亿万只含泪的眼睛

向大自然告别

哦,湖边的白鹤

哦,远方来的老鹰

还朝着枫树这里飞翔呢

枫树

被解成宽阔的木板

一圈圈年轮

涌出了一圈圈的

凝固的泪珠

泪珠

也发着芬芳

不是泪珠吧

它是枫树的生命

还没有死亡的血球

村边的山丘

缩小了许多

仿佛低下了头颅

伐倒了

一棵枫树

伐倒了

一个与大地相连的生命

1973年秋

◎ **伴我朗读**

　　这首诗创作于1973年秋。一棵"最高大的""雄伟和美丽"的枫树虽然倒下了,但它散发的"浓郁的清香"和生命的"芬芳"满溢于"整个村庄/和这一片山野上",诗句充满了阳刚之气的悲壮美。

32. 华南虎

牛 汉

在桂林
小小的动物园里
我见到一只老虎。

我挤在叽叽喳喳的人群中
隔着两道铁栅栏
向笼里的老虎
张望了许久许久,
但一直没有瞧见
老虎斑斓的面孔
和火焰似的眼睛。

笼里的老虎
背对胆怯而绝望的观众
安详地卧在一个角落,
有人用石块砸它

有人向它厉声呵喝

有人还苦苦劝诱

它都一概不理!

又长又粗的尾巴

悠悠地在拂动,

哦,老虎,笼中的老虎,

你是梦见了苍苍莽莽的山林吗,

是屈辱的心灵在抽搐吗,

还是想用尾巴鞭击那些可怜而又可笑的观众?

你的健壮的腿

直挺挺地向四方伸开,

我看见你的每个趾爪

全都是破碎的,

凝结着浓浓的鲜血,

你的趾爪

是被人捆绑着

托物寄情

活活地铰掉的吗?
还是由于悲愤
你用同样破碎的牙齿
听说你的牙齿是被钢锯锯掉的
把它们和着热血咬碎……
我看见铁笼里
灰灰的水泥墙壁上
有一道一道的血淋淋的沟壑
像闪电那般耀眼刺目!

我终于明白……
羞愧地离开了动物园。
恍惚之中听见一声
石破天惊的咆哮,
有一个不羁的灵魂
掠过我的头顶
腾空而去,

我看见了火焰似的斑纹
火焰似的眼睛，
还有巨大而破碎的
滴血的趾爪！

◎ 伴我朗读

　　诗中，被囚在牢笼中的华南虎，代表着不屈的生命和执着的灵魂；与之相对的是禁锢自由、代表邪恶的铁笼。通过两者之间的激烈冲突，表现了诗人面对邪恶的不屈反抗和对精神自由、人格独立的极度渴望。

33. 秋

杜运燮

连鸽哨都发出成熟的音调,
过去了,那阵雨喧闹的夏季。
不再想那严峻的闷热的考验,
危险游泳中的细节回忆。

经历过春天萌芽的破土,
幼芽成长中的扭曲和受伤,
这些枝条在烈日下也狂热过,
差点在雨夜中迷失方向。

现在,平易的天空没有浮云,
山川明净,视野格外宽远;
智慧、感情都成熟的季节啊,
河水也像是来自更深处的源泉。

我是朗读者

紊乱的气流经过发酵，
在山谷里酿成透明的好酒；
吹来的是第几阵秋意？醉人的香味
已把秋花秋叶深深染透。

街树也用红颜色暗示点什么，
自行车的车轮闪射着朝气；
塔吊的长臂在高空指向远方，
秋阳在上面扫描丰收的信息。

1979年秋

◎ 伴我朗读

这首诗用象征手法表现了诗人对新时期的期待与歌颂，诗意就隐藏在意象中。诗人用"夏季"象征狂热，用"秋"象征"智慧、感情都成熟的"新时期。

34. 白玉苦瓜

余光中

似醒似睡,缓缓的柔光里
似悠悠醒自千年的大寐
一只瓜从从容容在成熟
一只苦瓜,不再是涩苦
日磨月磋琢出深孕的清莹
看茎须缭绕,叶掌抚抱
哪一年的丰收想一口要吸尽
古中国喂了又喂的乳浆
完满的圆腻啊酣然而饱
那触角,不断向外膨胀
充实每一粒酪白的葡萄
直到瓜尖,仍翘着当日的新鲜

茫茫九州只缩成一张舆图
小时候不知道将它叠起
一任摊开那无穷无尽

硕大似记忆母亲,她的胸脯
你便向那片肥沃匍匐
用蒂用根索她的恩液
苦心的慈悲苦苦哺出
不幸呢还是大幸这婴孩
钟整个大陆的爱在一只苦瓜
皮鞋踩过,马蹄踩过,
重吨战车的履带踩过
一丝伤痕也不曾留下

只留下隔玻璃这奇迹难信
犹带着后土依依的祝福
在时光以外奇异的光中
熟着,一个自足的宇宙
饱满而不虞腐烂,一只仙果
不产生在仙山,产在人间

托物寄情

久朽了,你的前身,唉,久朽
为你换胎的那手,那巧腕
千眄万睐巧将你引渡
笑对灵魂在白玉里流转
一首歌,咏生命曾经是瓜而苦
被永恒引渡,成果而甘

◎ **伴我朗读**

诗人看见白玉雕琢成的苦瓜,触发灵感,写下这首诗。白玉苦瓜虽然经过许多苦难,经过铁蹄的践踏,经过履带的重压,但是它仍奇迹般成长,而且没有留下伤痕。这里显然不是单单地写白玉苦瓜,而是在写中国永不泯灭的文化传统。

35. 伞

蓉　子

鸟翅初扑

幅幅相连,以蝙蝠弧型的双翼

组成一个无懈可击的圆

一把绿色小伞是一顶荷盖

红色嘟嘟　黑色晚云

各种颜色的伞是带花的树

而且能够行走……

一柄顶天

顶着艳阳　顶着雨

顶着单纯儿歌的透明音符

自在自适的小小世界

托物寄情

一伞在手,开合自如
合则为竿为杖,开则为花为亭
亭中藏着一个宁静的我

◎ 伴我朗读

　　诗人把伞描写成"带花的树",而且能够行走,表现了意象之美。但这样写还不够,诗人又指出伞下还有个人:"合则为竿为杖,开则为花为亭/亭中藏着一个宁静的我。"写伞原来是为了写人,写伞美是为了衬托人美。

36. 雪白的墙

梁小斌

妈妈,

我看见了雪白的墙。

早晨,

我上街去买蜡笔,

看见一位工人

费了很大的力气,

在为长长的围墙粉刷。

他回头向我微笑,

他叫我

去告诉所有的小朋友:

以后不要在这墙上乱画。

托物寄情

妈妈,
我看见了雪白的墙。
这上面曾经那么肮脏,
写有很多粗暴的字。
妈妈,你也哭过,
就为那些辱骂的缘故,
爸爸不在了,
永远地不在了。

比我喝的牛奶还要洁白,
还要洁白的墙,
一直闪现在我的梦中,
它还站在地平线上,
在白天里闪烁着迷人的光芒,
我爱洁白的墙。

永远地不会在这墙上乱画,
不会的,
像妈妈一样温和的晴空啊,
你听到了吗?

妈妈,
我看见了雪白的墙。

◎ **伴我朗读**

　　诗歌以"雪白的墙"为中心意象,采用象征手法,巧妙地选择抒情角度,将自我反思和对纯洁心灵的复归表现出来。诗人的思想情感蕴含在看似浅易却深刻的语言之中,可谓言浅意深,语淡情浓。

托物寄情

37. 上海软糖

李 浔

我已记不得

你是怎样甩着长发

黏住了我的问候

甜甜的比上海软糖

还要软的笑容

甜是味道的插曲

软是什么

是小羊羔想家的叫声吗

你应该是有秘密的

比上海软糖

还要软的秘密

我一直在嚼

牙根越来越软

剩下的日子越来越硬

◎ **伴我朗读**

  诗人写的是软糖，品的却是另一番滋味，是"比上海软糖/还要软的秘密"。诗人写糖其实是在写人，写心中忘不掉的那个人。

38. 山　楂

敬文东

现在是心平气和、自愿认输的日子:
山楂行进在乡间、城市和水边
红脸膛的小母亲,并不因
生养了那么多的子孙扬扬得意。

它们懂得如何保护自己。
在怀孕的日子里,谦虚地
沉默,歌声让给鸣蝉;
在时间的律令前,惊讶地呼吸。

长不大的小母亲,永远对世界保持
绝对的神秘。从不念佛,也不相信
界限那边的钟声。悄悄来,默默去
像上帝面前轻轻燃烧的一盏烛灯。

小小的山楂,行进在路上
越走越胖。四周沉静如水

托物寄情

站在星之下,暗之上,吸收了季节
过多的赠予。面对气宇轩昂的天空,

长不大的小母亲
平静地走到白厉厉的牙齿前
视死如归;疼痛使脸涨得更红
如同在拼死分娩。

◎ 伴我朗读

  诗人把山楂说成是"长不大的小母亲",从这一比喻出发,歌颂了山楂的谦逊,还有它们"视死如归"的牺牲精神。写诗要有意象,有意象才能生动鲜活,才能让诗意借意象外现出来。"长不大的小母亲",这个意象贴切地传达出诗人对母亲的爱和赞扬。

39. 木　梳

路　也

我带上一把木梳去看你

在年少轻狂的南风里

去那个有你的省，那座东经118度北纬32度的城。

我没有百宝箱，只有这把桃花心木梳子

梳理闲愁和微微的偏头疼。

在那里，我要你给我起个小名

依照那些遍种的植物来称呼我：

梅花、桂子、茉莉、枫杨或者菱角都行

她们是我的姐妹，前世的乡愁。

我们临水而居

身边的那条江叫扬子，那条河叫运河

还有一个叫瓜洲的渡口

我们在雕花木窗下

吃莼菜和鲈鱼，喝碧螺春与糯米酒

写出使洛阳纸贵的诗

在棋盘上谈论人生

托物寄情

用一把轻摇的丝绸扇子送走恩怨情仇。
我常常想就这样回到古代，进入水墨山水
过一种名叫沁园春或如梦令的幸福生活
我是你云鬓轻挽的娘子，你是我那断了仕途的官人。

◎ 伴我朗读

　　诗人由木梳联想到做木梳的植物，联想到这些植物临水而居的扬子江、瓜洲渡，联想到江南的莼菜、鲈鱼、碧螺春、糯米酒、棋盘和丝绸扇子，联想到浪漫而古典的沁园春或如梦令的幸福生活，进而把自己和对方想象成娘子和官人。这仿佛是一场穿越时空之旅，把读者带进了一个充满诗意的境界。

第五章 锦绣山河

40. 春　城

李金发

可以说灰白的天色，
无意地挟来的思慕：

心房如行桨般跳荡，
笔儿流尽一部分的泪。

当我死了，你虽能读他，
但终不能明白那意义。

温柔和天真如你的，
必不会读而了解他。

在产椰子与芒果之乡，
我认识多少青年女人，

不但没有你清晨唤犊的歌喉，
就一样的名儿也少见。

锦绣山河

我不懊恨一切寻求的失败，
但保存这诗人的傲气。

往昔在稀罕之荒岛里，
有笨重之木筏浮泛着：

他们行不上几里，
遂停止着歌唱——

一般女儿的歌唱。
末次还衬点舞蹈！
时代既迁移了，
唯剩下这可以说灰白的天色。

◎ 伴我朗读

　　时代迁移，春城无春，虽是"在产椰子与芒果之乡"，但是少了伊人，少了"清晨唤犊的歌喉"，就只剩下这"灰白的天色"，春城也就不能称其为春城了。

41. 采莲曲

朱 湘

小船呀轻飘,
杨柳呀风里颠摇;
荷叶呀翠盖,
荷花呀人样妖娆。
日落,
微波,
金线闪动过小河。
左行,
右撑,
莲舟上扬起歌声。

菡萏呀半开,
蜂蝶呀不许轻来,
绿水呀相伴,
清净呀不染尘埃。
溪间,

> 锦绣山河

采莲,
水珠滑走过荷钱。
拍紧,
拍轻,
桨声应答着歌声。

藕心呀丝长,
羞涩呀水底深藏;
不见呀蚕茧
丝多呀蛹裹中央?
溪头,
采藕,
女郎要采又夷犹。
波沉,
波生,
波上抑扬着歌声。

莲蓬呀子多:
两岸呀柳树婆娑,
喜鹊呀喧噪,
榴花呀落上新罗。

溪中，

采蓬，

耳鬓边晕着微红。

风定，

风生，

风飕荡漾着歌声。

升了呀月钩，

明了呀织女牵牛；

薄雾呀拂水，

凉风呀飘去莲舟。

花芳，

衣香，

消溶入一片苍茫；

时静，

时闻，

虚空里袅着歌音。

◎ 伴我朗读

　　这首诗把江南水乡写得那么美，杨柳、荷花、莲舟的意象传达出自然环境的优美别致。而最可爱的是采莲女，她们边唱着歌边采莲，一直到月亮升起，"花芳／衣香／消溶入一片苍茫"。这首诗长短句交织，节奏轻柔，形式工整，音调柔婉，风格清丽。

42. 断　章

卞之琳

你站在桥上看风景，
看风景人在楼上看你。

明月装饰了你的窗子，
你装饰了别人的梦。

◎ **伴我朗读**

　　这四句诗描绘出了非同凡响的风景，饱含着相对主义的哲理。桥上的人和楼上的人互为风景，窗中的人无意间又成了梦中的人。两个"看"、两个"装饰"，使"断章"不断，诗意绵延，引人遐思。

43. 桂林山水歌

贺敬之

云中的神啊,雾中的仙,
神姿仙态桂林的山!

情一样深啊,梦一样美,
如情似梦漓江的水!

水几重啊,山几重?
水绕山环桂林城……

是山城啊,是水城?
都在青山绿水中……

呵!此山此水入胸怀,
此时此身何处来?

锦绣山河

……黄河的浪涛塞外的风。

此来关山千万重。

马鞍上梦见沙盘上画：

"桂林山水甲天下"……

呵！是梦境啊，是仙境？

此时身在独秀峰！

心是醉啊，还是醒？

水迎山接入画屏！

画中画——漓江照我身千影，

歌中歌——山山应我响回声……

招手相问老人山，

云罩江山几万年？

——伏波山下还珠洞，

室珠久等叩门声……

鸡笼山一唱屏风开,
绿水白帆红旗来!

大地的愁容春雨洗,
请看穿山明镜里——

呵!桂林的山来漓江的水——
祖国的笑容这样美!

桂林山水入胸襟,
此景此情战士的心——

是诗情啊,是爱情?
都在漓江春水中!

三花酒掺一份漓江水,
祖国啊,对你的爱情百年醉……

江山多娇人多情,
使我白发永不生!

锦绣山河

对此江山人自豪，
使我青春永不老！

七星岩去赴神仙会，
招呼刘三姐啊打从天上回……

人间天上大路开，
要唱新歌随我来！

三姐的山歌十万八千箩，
战士呵，指点江山唱祖国……

红旗万梭织锦绣，
海北天南一望收！

塞外的风沙呵黄河的浪，
春光万里到故乡。

红旗下：少年英雄遍地生——
望不尽：千姿万态"独秀峰"

——意满怀呵,情满胸,
恰似漓江春水浓!

呵!汗雨挥洒彩笔画:
桂林山水——满天下!……

1959年旧稿

1961年8月整理于北戴河

◎ **伴我朗读**

　　诗人把祖国山水和政治激情巧妙地结合在一起,借山水意象呈现出他饱满的政治激情,给人美的享受,也给人鼓舞和力量。

44. 黄河落日

李 瑛

等了五千年

才见到这庄严的一刻

在染红一座座黄土塬之后

太阳,风风火火

望一眼涛涌的漩涡

终于落下了

辉煌的、凝重的

沉入滚滚浊波

淡了,帆影

远了,渔歌

此刻,大地全在沉默

凝思的树,严肃的鹰

倔强的陡峭的土壁

蒿艾气息的枯黄的草色

只有绛红的狂涛

长空下,站起又沉落

九万面旌旗翻卷

九万面鼙鼓云锣

一齐回响在重重沟壑

颤动的大地

竟如此惊心动魄

醉了,洪波

亮了,雷火

辛勤地跋涉了一天的太阳

坐在大河上回忆走过的路

历史已成废墟

草滩,燔火

峥嵘的山,固执地

裸露着筋络和骨骼

黄土层沉积着古东方

一个英雄民族的史诗和传说

远了,马鸣

断了,长戈

锦绣山河

如血的残照里
只有雄浑沉郁的唐诗
一个字一个字
像余烬中闪亮的炭火
和浪尖跳荡的星星一起
在蟋蟀鸣叫的苍茫里闪烁

◎ 伴我朗读

　　诗中，诗人描绘出日落惊心动魄的那一刻，"只有绛红的狂涛／长空下，站起又沉落／九万面旌旗翻卷／九万面鼙鼓云锣／一齐回响在重重沟壑"。意象壮丽辉煌，沉淀着对历史的思考，也是对民族不朽文化精神的歌唱。

45. 春天,遂想起

余光中

春天,遂想起

江南,唐诗里的江南,九岁时

采桑叶于其中,捉蜻蜓于其中

(可以从基隆港回去的)

江南

小杜的江南

苏小小的江南

遂想起多莲的湖,多菱的湖

多螃蟹的湖,多湖的江南

吴王和越王的小战场

(那场战争是够美的)

逃了西施

失踪了范蠡

失踪在酒旗招展的

(从松山飞三个小时就到的)

乾隆皇帝的江南

锦绣山河

春天,遂想起遍地垂柳
的江南,想起
太湖滨一渔港,想起
那么多的表妹,走在柳堤
(我只能娶其中的一朵!)
走过柳堤,那许多的表妹
就那么任伊老了
任伊老了,在江南
(喷射云三小时的江南)

即使见面,她们也不会陪我
陪我去采莲,陪我去采菱
即使见面,见面在江南
在杏花春雨的江南
在江南的杏花村
(借问酒家何处)
何处有我的母亲

复活节,不复活的是我的母亲
一个江南小女孩变成的母亲
清明节,母亲在喊我,在圆通寺

喊我，在海峡这边

喊我，在海峡那边

喊，在江南，在江南

多寺的江南

多亭的江南

多风筝的江南啊

钟声里的江南

（站在基隆港，想

想回也回不去的）

多燕子的江南

◎ **伴我朗读**

　　诗人饱含着烈酒般浓烈的乡思，把江南描绘得多情又美丽。反复手法的运用，把乡思渲染得格外动人。从历史到现实，从过去到现在，母亲也从江南小女孩变成了老人，自己却只能隔海听着母亲的呼喊。这彻骨的思念酿成了一坛令人沉醉的诗酒。

46. 看划龙船

非 马

如果鼓声是龙的心跳

那几十支桨该是龙的脚吧!

鼓,越敲越响

心,越跳越急

脚,点着水

越走越快越轻盈

而岸上小小的心呵

便也一个个咚咚咚咚地

一起一落

一起一落

爸爸们

请牵牢你们孩子的小手!

说不定什么时间

他们当中有人

会随着龙的一声呼啸

腾空而起

◎ **伴我朗读**

　　这首诗描写了诗人观看人们划龙船的感受，他听见了龙的心跳声，这也是他思乡的心跳吧！不仅如此，他还从中看到了希望，"说不定什么时间/他们当中有人/会随着龙的一声呼啸/腾空而起"，这不就是他对祖国的祝愿吗？

47. 晚　霞

闻　捷

夕阳在蔚蓝的天空，
抹下了五光十色；
微风与牧人们耳语，
你看它变幻无穷。

那、那一溜金黄的——
该不是负重的骆驼队，
摇着悦耳的铜铃，
在起伏的沙梁上缓行；

那、那一团火红的——
该不是奋鬃长鸣的骏马，
忽地腾空跃起，
想跃过那积雪的山峰；

那、那一片雪白的——
该不是驯良的羊群,
相互挨挤着又追逐着,
嬉游在牧草肥美的湖滨;

那、那一块绛紫的——
该不是肥胖的乳牛,
吊着两大袋奶子,
摇头摆尾地走进新圈棚;

草原上的牧人哟!
爱恋这七月的黄昏;
你听!是谁弹起三弦琴,
歌唱晚霞与牧人的心。

◎ **伴我朗读**

　　诗人写晚霞并不是孤立地写,而是把晚霞与美丽的边疆草原结合在一起,具有独特的边疆风味。其中有牧人的心语,有金黄的骆驼队,有火红的骏马,有雪白的羊群,也有牧草肥美的湖滨,诗人借此表达了对边疆和人民的爱。

48. 夜

李小雨

岛在棕榈叶下闭着眼睛,

梦中,不安地抖动肩膀,

于是,一个青椰子掉进海里,

静悄悄地,溅起

一片绿色的月光,

十片绿色的月光,

一百片绿色的月光,

在这样的夜晚,

使所有的心荡漾,荡漾……

隐隐地,轻雷在天边滚过,

讲述着热带的地方

绿的故乡……

◎ **伴我朗读**

　　这是一首优美的小诗,诗人选取了岛、棕榈叶、青椰子等意象,抓住夜的声响和色彩,创造出热带夜晚优美的意境,表达了对"绿的故乡"的热爱。本诗的巧妙之处在于以动写静,以青椰子掉进海里的声响烘托出夜的宁静和美。

49. 在漫长的旅途中

于 坚

在漫长的旅途中
我常常看见灯光
在山岗或荒野出现
有时它们一闪而过
有时老跟着我们
像一双含情脉脉的眼睛
穿过树林跳过水塘
蓦然间又出现在山岗那边
这些黄的小星
使黑夜的大地
显得温暖而亲切
我真想叫车子停下
朝着它们奔去
我相信任何一盏灯光
都会改变我的命运

锦绣山河

此后我的人生

就是另外一种风景

但我只是望着这些灯光

望着它们在黑暗的大地上

一闪而过 一闪而过

沉默不语 我们的汽车飞驰

黑洞洞的车厢中

有人在我身旁熟睡

◎ 伴我朗读

　　这首诗写了诗人在漫长的旅途中的所见所想,灯光像"含情脉脉的眼睛",大地"温暖而亲切",汽车飞驰,给人安宁温馨的感觉。"我相信任何一盏灯光/都会改变我的命运",照亮黑夜的灯光意象包含着更深的意义,引人遐思。

50. 我的南方和北方（朗诵版）

歌吟有梦

甲：自从认识了那条奔腾不息的大江，我就认识了我的南方和北方。

乙：自从认识了那条奔腾不息的大江，我就认识了我的北方和南方。

甲：我的南方和北方相距很近，近得可以隔岸相望。

乙：我的北方和南方相距很远，远得无法用脚步丈量。

甲：大雁南飞，用翅膀缩短着我的南方和北方。

乙：燕子归来，衔着春泥表达着我的北方和南方。

甲：我的南方，也是柳永和李煜的南方。一江春水，滔滔东流，流去的是落花般美丽的往事和芬芳。梦醒时分，定格在杨柳岸晓风残月中的那种忧伤，也注定只能定格在南方才子佳人幽怨的面庞。

乙：我的北方，也是李白和高适的北方。烽烟滚滚，战马挥疆。在胡天八月的飞雪中，骑马饮酒北方将士，正开进着刀光剑影的战场。所有的胜利与失败，最后，都化作了边关冷月下一排排胡杨。

锦绣山河

甲：我曾经走过黄山、庐山、峨眉、雁荡，寻找着我的南方。我的南方却在乌篷船、青石桥、油纸伞的深处隐藏。在秦淮河的灯影里，我凝视着我的南方。在寒山寺的钟声里，我倾听着我的南方。在富春江的柔波里，我拥抱着我的南方。我的南方啊！杏花春雨，小桥流水，莺飞草长。

乙：我曾经走过天山、昆仑、长白、太行，寻找着我的北方。我的北方却在黄土窑、窗花纸、蒙古包的深处隐藏。在风沙走石的戈壁滩，我与我的北方并肩歌唱。在塞外飞雪的兴安岭，我与我的北方沉思凝望。在苍茫一片的山海关，我与我的北方相视坚强。我的北方啊！大漠孤烟，长河落日，唢呐嘹亮。

甲：都说我的南方富饶，可那万亩稻田千里水乡是父辈们用汗水和泪珠浇灌，是改革者用勇气和智慧酝酿。无论是大名鼎鼎的鱼米之乡，还是深圳温州小港，闪耀的名字其实是斧凿刀刻一般拓印在爸爸妈妈的皱纹上。

乙：都说我的北方贫穷，可是我分明听到了，听到了振兴老东北、开发大西北的战鼓隆隆作响，听到了停产多年的老机床又开始欢快地歌唱，听到了劳动号子安塞腰鼓响彻九曲黄河旁，听到了爸爸用粗糙的大手抚去汗珠后的步履铿锵，我知道，你醒了，我的北方。

甲：从古到今，那条奔腾不息的大江就像一根琴弦，

乙：从古到今，那条奔腾不息的大江就像一根琴弦，

（叠声）合：弹奏着几多兴亡，几多沧桑。

甲：在东南风的琴音中，我的南方雨打芭蕉，荷香轻飘，婉约而又悠扬。

乙：在西北风的琴音中，我的北方腰鼓震天，凝重而又张狂。

甲：我的南方和北方，

乙：我的北方和南方，

合：我的永远的故乡和天堂。

◎ 伴我朗读

这是一首广为流传的朗诵诗，诗人用优美的对比性的语言描绘出祖国的南方和北方。从历史人物到山水风光——对举，铺陈出南方的柔美和北方的刚强，表达了对祖国深深的热爱。诗句语言形象生动，节奏舒缓，像是小提琴与大提琴的二重奏。

51. 昆仑　昆仑

耿国彪

月亮在爬升，白衣飘飘的月光在昆仑山顶
白银舒卷的月光搭起睡眠的帐篷
来吧，心如明镜的大海
来吧，一场比天空还高的大雪
请在昆仑山留下你们的梦

昆仑，昆仑
我要说，世界在你脚下
奔跑的月光是一位少女，是一位没有往事的少女
黑夜在这里变白，风在这里停顿
仿佛是你脚下的石头，身旁的小草

简单的月光呀
请说出你的爱情，说出一朵云怎样化作雨滴
一头牛、一群羊怎样从平原走到高山
站立的树，游动的鱼，燃烧的火焰
又是怎样进入岩石的内心

昆仑，昆仑

沿着明月，沿着雪的花朵

能不能找到一条生活的道路

黄金、白酒、一间房屋以及钟表的指针

在巍峨和辽阔之间，可不可以插下生命细小的针

昆仑，昆仑

月光还在爬升，一滴水还在敲打着大地

风箱还在拉动，铁匠的手又一次举起

在春天到来之前，在神的双眼睁开之前

我把睡眠还给你

还给你沉默的时光和一尘不染的永恒

伴我朗读

　　诗人写昆仑山，突出了雪和明月，表现出一种圣洁感。"月亮在爬升，白衣飘飘的月光在昆仑山顶/白银舒卷的月光搭起睡眠的帐篷"，塑造出昆仑山"一尘不染的永恒"意象，抒发了对昆仑山的热爱和崇敬之情。

52. 就是那一只蟋蟀

流沙河

就是那一只蟋蟀

钢翅响拍着金风

一跳跳过了海峡

从台北上空悄悄降落

落在你的院子里

夜夜唱歌

就是那一只蟋蟀

在《豳风·七月》里唱过

在《唐风·蟋蟀》里唱过

在《古诗十九首》里唱过

在花木兰的织机旁唱过

在姜夔的词里唱过

劳人听过

思妇听过

就是那一只蟋蟀

在深山的驿道边唱过

在长城的烽台上唱过

在旅馆的天井中唱过

在战场的野草间唱过

孤客听过

伤兵听过

就是那一只蟋蟀

在你的记忆里唱歌

在我的记忆里唱歌

唱童年的惊喜

唱中年的寂寞

想起雕竹做笼

想起呼灯篱落

想起月饼

想起桂花

想起满腹珍珠的石榴果

想起故园飞黄叶

想起野塘剩残荷

想起雁南飞

锦绣山河

想起田间一堆堆的草垛
想起妈妈唤我们回去加衣裳
想起岁月偷偷流去许多许多

就是那一只蟋蟀
在海峡这边唱歌
在海峡那边唱歌
在台北的一条巷子里唱歌
在四川的一个乡村里唱歌
在每个中国人脚迹所到之处
处处唱歌
比最单调的乐曲更单调
比最谐和的音响更谐和
凝成水
是露珠
燃成光
是萤火
变成鸟
是鹧鸪
啼叫在乡愁者的心窝

就是那一只蟋蟀

在你的窗外唱歌

在我的窗外唱歌

你在倾听

你在想念

我在倾听

我在吟哦

你该猜到我在吟些什么

我会猜到你在想些什么

中国人有中国人的心态

中国人有中国人的耳朵

1982年7月10日在成都

◎ 伴我朗读

诗人通过一只蟋蟀串联起乡情。在他看来,乡音最亲切,连家乡蟋蟀的叫声听起来也像亲人在呼唤。这叫声穿越了时间和空间,回响在亲人的心里。诗中大量排比句的运用,加强了抒情的气势,有一唱三叹之妙。

53. 在腾格里

马启代

沙粒都是飞累了的风
喘口气,它们还要赶路

有人说,它们都是渴死的水
沙哑着喊冤,日夜不停

我们一群诗疯子
每个人身上都有无数条江河

在日光下大喊大叫,迸发
比巴丹吉林还要辽阔的不平

这走来走去的沙丘,是谁
在埋葬什么,还是在寻找什么

◎ 伴我朗读

　　一群诗人来到沙漠,打破了沙漠的宁静。诗人的想象真奇特,他把沙粒比喻成"飞累了的风"和"渴死的水",前者暗示了沙漠的辽阔,后者暗示了沙漠的干旱,但这群"诗疯子"觉得"每个人身上都有无数条江河",他们在干旱的沙漠里也能找到诗意。

第六章 人生写真

54. 爹的坟堆在秋雨中寂寞

迟 云

秋雨如约而至

淅淅沥沥敲打红的黄的叶子

山峦充盈着缠绵的雾气

冷风涌来

冰冷的感觉

仿佛置身于凄惨的故事

细密的雨丝不急不躁

每一次滴落都交割着深秋的信息

寒露已过

霜降又至

雨水让干旱的土地打个激灵

田野融于删繁就简的过程里

麦苗儿绿了

秋虫儿叫得弱了

人生写真

田鼠忙着存粮

野兔忙着打洞

我在秋凉中想到了爹和娘

此刻

爹的坟堆在雨中寂寞

坟堆上的茅草在冷风中摇曳

娘的凝望里贮满了悲悯

无声的牵挂在烟雨中拉长

风声正紧

雨声正浓

我不知道如何能调适四季

温暖凋零的季节

也温暖打着寒颤的心房

◎ 伴我朗读

  诗歌语言流畅晓白，单纯明晰，充满纯净之美和直白思辨的色彩。在纤弱而美丽，参差的整饬的语言中，诗人将自己的情绪、思考、情感寄语在恰切的意象和意境之中，显示出澄明、舒缓而又典雅、宁静的格调，具有婉约的浪漫主义色彩。

55. 白洋淀的献诗

黑大春

我就要离开大淀头村庄

妈妈,小船说:今夜有风又有浪

当一片落帆似的薄雾沿着静静的河面飘荡

我一声铁锚般的叹息来自深深的胸膛

唉!每一次命运的聚会我都凑巧赶来

但我永远也玩不赢那副黑桃般心灵的纸牌

我多像那只驼了背却没有一点人生经验的虾米

用千万只手挣扎在虚幻的水草里

我就要离开大淀头村庄

妈妈,我却没有征服那位瘦弱的姑娘

她在渔家的酒席上干起杯来

就跟豪侠的男子汉一模一样

人生写真

我总错掉旺季的好时光
渔网在惆怅,美好而荒凉
在吉他琴那六根风中的芦苇上
在吉他琴那六根风中的芦苇上

我就要离开大淀头村庄
妈妈,我躺在岸上伸着系满了疲倦的手指的木桩
这是全中国的孩子都闭上了星星的最后一夜
这是我身后展开的一次最荒凉的田野

呵!这片干枯的老玉米也曾有过绿色的过去
就像我的青春曾梦想覆盖民族的大地
呵!这片老玉米如今却又黄又瘦地找不到一滴水
就像我在太阳的照耀下,无比的颓废

我就要离开大淀头村庄
妈妈,我要划着快船回到你岛形的心上
在那上面,你多少次伤心地企望过我漂泊的生涯
你白露的泪水就掉在我荷叶的绿手掌上

我常常向你夸口：我是个很大很大的诗人
所有善良的人们都把我公认
呵！我也曾多少次伤心地企望过在回家看望你的路上
那荷花的桂冠就托在我荷叶的绿手掌上

◎ **伴我朗读**

　　诗人在告别白洋淀的时候写下这首献诗。诗中，诗人反复对妈妈说他要离开这里，虽然这里有他的爱情和梦想，他却不得不离开，在反复的述说中有许多的不舍和惆怅。

56. 我们的朋友

韩　东

我的好妻子

我们的朋友都会回来

朋友们会带来更多没见过面的朋友

我们的小屋子连坐都坐不下

我的好妻子

只要我们在一起

我们的好朋友就会回来

他们很多人还是单身汉

他们不愿去另一个单身汉的小窝

他们到我们家来

只因为我们是非常亲爱的夫妻

因为我们有一个漂亮的儿子

他们要用胡子扎我们儿子的小脸

他们拥到厨房里

瞧年轻的主妇给他们烧鱼

他们和我没碰上三杯就醉了

在鸡汤面前痛哭流涕

然后摇摇摆摆去找多年不见的女友

说是连夜就要成亲

得到的却是一个痛快的大嘴巴

我的好妻子

我们的朋友都会回来

我们看到他们风尘仆仆的面容

看到他们浑浊的眼泪

我们听到屋后一记响亮的耳光

就原谅了他们

◎ **伴我朗读**

  诗人以口语化的表达和对平民生活的叙述,开启了新的诗歌表达方式。这首诗用叙事方法表达了诗人对妻子和儿子的爱,表达了朋友之间的深情厚谊。诗人对生活细节的刻画让人印象深刻,给人暖暖的感觉。

57. 父亲和我

吕德安

父亲和我

我们并肩走着

秋雨稍歇

和前一阵雨

像隔了多年时光

我们走在雨和雨的间歇里

肩头清晰地靠在一起

却没有一句要说的话

我们刚从屋子里出来

所以没有一句要说的话

这是长久生活在一起造成的

滴水的声音像折下的一枝细枝条

像过冬的梅花

父亲的头发已经全白

但这近乎于一种灵魂

会使人不禁肃然起敬

依然是熟悉的街道

熟悉的人要举手致意

父亲和我都怀着难言的恩情

安详地走着

◎ **伴我朗读**

  诗歌描述了一对父子默默地走在秋雨中的情形,表达了儿子对父亲的敬重之情,"父亲的头发已经全白/但这近乎于一种灵魂/会使人不禁肃然起敬"。这对在雨中行走的父子"都怀着难言的恩情/安详地走着",这幅充满温情的画面,让人十分感动。

58. 关　机

蓝　野

关机
关机，关机

关机
你拨打的用户现在已经关机
请稍后再拨

关机，你关不住
运河里流淌的水，关不住
京沪线上奔驰的火车，关不住
北方来的风，关不住
自由高远的天空

关机，你关不住
一个人咚咚的心跳
关不住他体内奔涌的血液

关机，他不在你的手机里
还可到你们共有的地方居住
你关掉声音，关不掉光线
你关掉现在，关不掉过去

◎ 伴我朗读

　　手机已经成为人们离不开的通信工具，成为人们生活中非常重要的一部分。诗人从关机入笔，写出了手机无所不在的现实，写出了即使是关机也关闭不了人与现实世界的联系。

59. 生活的洪流

王夫刚

暴雨过后,河水变得浑浊不堪。
说来你不相信,在去往县城的路上
我忽然清晰地看见了洪流
和生活的洪流(狭长的
河床中,它们曾经是浪花之歌
溅湿了我的青春)。河岸一侧
破旧的公共汽车奔跑着
我在笔记本上写道:"生活的洪流
滚滚而来。"车厢里的男人
在吸烟,女人们在说笑
吃樱桃的孩子耐心地盯着窗外
怀有身孕的少女默不作声,昏昏欲睡——
从一次具体的生理变化开始
爱情结束了,爱情的记忆

像雨后山区的绿色

越来越不着边际。

破旧的公共汽车

始终奔跑着,生活的洪流啊

这样清晰,却从不值得多么惊讶。

◎ **伴我朗读**

  诗人选取了公共汽车上的场景:男人在吸烟,女人在说笑,孩子在吃樱桃,少女在沉默,破旧的公共汽车始终在奔跑。他将自己的观察和思考融入平静的叙述中,借此告诉读者:生活的洪流从不会停下脚步。

附 录

朗读资料卡

1. 一句话

闻一多（1899—1946）：中国诗人、学者。本名闻家骅，湖北浠水人。早期参加新月社，著有诗集《红烛》《死水》等。

2. 狱中题壁

戴望舒（1905—1950）：生于浙江杭州。中国现代著名的诗人，象征派诗歌的代表人物。1928年，因发表《雨巷》一诗引起轰动，被称为"雨巷诗人"。

3. 让死的死去吧

殷夫（1910—1931）：原名徐白，浙江象山人。他的早期诗作大多歌咏爱情和故土，主要作品有《孩儿塔》《别了，哥哥》等。

4. 欢 乐

何其芳（1912—1977）：现代诗人、文学评论家。早期作品风格精致，表现青年人的忧郁情思和对生活的憧憬，20世纪40年代后文风渐趋明朗。诗作充满革命热情，著有诗集《预言》、散文集《画梦录》等。

5. 我爱这土地

艾青（1910—1996）：浙江金华人，现代文学家、诗人。他的诗作多数描述民族和人民的苦难和命运，反映现实的生活和斗争，突出表现为对光明的热烈向往和讴歌，风格朴素雄浑。代表作有长诗《大堰河——我的保姆》等。

7. 囚 歌

叶挺（1896—1946）：中国无产阶级革命家、军事家，中国人民解放军创建人之一和新四军重要领导人之一。"皖南事变"中被国民党扣押，他拒绝了蒋介石的威逼利诱，写出了著名的《囚歌》以明志。

8. 人民万岁

王怀让（1942—2009）：河南省济源市人。他是一位史诗意识强烈的诗人，他的诗作因其鲜明的人民性和时代感而受到读者的广泛欢迎。著有诗集《十月的宣言》《神土》等。

9. 土地的记忆

吴开晋：山东大学教授，中国诗歌学会、中国当代文学研究会、中国新文学学会理事，山东省当代文学研究会副会长。诗作《土地的记忆》在庆祝世界反法西斯战争胜利五十周年时写出，并在东京世界诗人大会上，获以色列米瑞姆林德勃哥诗歌和平奖。

10. 回　答

北岛：原名赵振开，祖籍浙江湖州，生于北京。当代诗人、作家，朦胧诗代表人物之一。1978年，他同诗人芒克创办民间诗歌刊物《今天》。主要作品有诗集《陌生的海滩》《北岛诗选》等。

11. 相信未来

食指：本名郭路生，山东鱼台人。朦胧诗派的代表人物之一。1999年，他的诗集《食指的诗》获第三届人民文学奖。

12. 教我如何不想她

刘半农（1891—1934）：现代诗人、语言学家。曾参加新文化运动，提倡白话文。初期诗作讲究韵律，形式上有意模仿民歌。著有《半农杂文》、诗集《扬鞭集》等。

16. 雨　雪

金克木（1912—2000）：字止默，笔名辛竹，祖籍安徽寿县。著名诗人、散文家、翻译家、学者。他和季羡林、张中行、邓广铭一起被称为"未名四老"。

17. 错　误

郑愁予：原名郑文韬，笔名"愁予"，当代诗人。诗作有《梦土上》《衣钵》等，诗集有《郑愁予诗选》等。

18. 一棵开花的树

席慕蓉：当代画家、诗人、散文家。著有诗集、散文集多种，代表作有《七里香》《一棵开花的树》等。

19. 致橡树

舒婷：原名龚佩瑜，出生于福建龙海石码镇，朦胧诗派的代表人物之一。1979年开始发表诗歌作品，1980年至福建省文联工作，从事专业写作。有诗集《双桅船》《始祖写》，散文集《心烟》等。

21. 纸船——寄母亲

冰心（1900—1999）：原名谢婉莹，福建长乐人。现代作家、翻译家、诗人、儿童文学作家、社会活动家。主要作品有诗集《繁星》《春水》，散文集《还乡杂记》等。

22. 你是人间的四月天——一句爱的赞颂

林徽因（1904—1955）：原名徽音，福建闽侯人。建筑师、作家、新月派诗人之一。其代表作为《你是人间四月天》，小说《九十九度中》等。出版的诗集有《林徽因诗集》等。

25. 蛇

冯至（1905—1993）：原名冯承植，字君培，河北涿州人。诗人、教育家、德语文学专家、翻译家。出版的诗集有《昨日之歌》《北游及其他》《十四行集》等。

31. 悼念一棵枫树

牛汉（1923—2013）：本名史承汉，后改为史成汉，又名牛汉。现代著名诗人、文学家和作家，七月派代表诗人之一。曾任《新文学史料》主编、《中国》执行副主编，中国作家协会全国名誉委员、中国诗歌学会副会长。

33. 秋

杜运燮(1918—2002):中国福建省古田人,现代诗人。他与穆旦、袁可嘉、郑敏等9位诗人因合出《九叶集》而被评论界称为"九叶诗派"。著有诗集《诗四十首》《南音集》等。

34. 白玉苦瓜

余光中(1928—2017):祖籍福建永春。余光中一生从事诗歌、散文的创作和评论、翻译工作。代表作有《白玉苦瓜》《分水岭上:余光中评论文集》等。

36. 雪白的墙

梁小斌:安徽合肥人,朦胧诗派的代表诗人之一。1972年开始诗歌创作,他的诗《中国,我的钥匙丢了》《雪白的墙》被列为新时期朦胧诗代表诗作。

40. 春　城

李金发(1900—1976):原名李淑良,笔名金发,广东梅县人。诗人,文学研究会成员。早期诗作深受法国象征主义影响,诗意朦胧,后期诗歌趋于平实朴素。著有诗集《微雨》《为幸福而歌》等。

41. 采莲曲

朱湘（1904—1933）：字子沅，原籍安徽太湖，生于湖南沅陵。出版的诗集有《夏天》《草莽集》《石门集》《永言集》等。

42. 断　章

卞之琳（1910—2000）：江苏海门人。诗人、文学评论家、翻译家，曾用笔名季陵、薛林等。著有诗集《鱼目集》《汉园集》等。

43. 桂林山水歌

贺敬之：山东省枣庄人，著名诗人、剧作家。1940年赴延安，1942年毕业于延安鲁迅艺术学院文学系。20世纪40年代开始发表作品，有诗集《放歌集》《贺敬之诗选》《回延安》《雷锋之歌》等。

52. 就是那一只蟋蟀

流沙河：成都人，当代诗人。历任川西《农民报》副刊编辑、四川省文联创作员、《星星》诗刊编辑、中国作协第四届理事。后在中国作协四川分会专门从事创作。

因本书涉及作者较多,且时间仓促,尚有部分作者未能与其本人或亲属取得联系,恳请有关作品版权所有者见书后,与山东城市出版传媒集团·汉唐书局有限责任公司(0531—86131747、82709072)取得联系,以便我们及时奉上稿酬及样书。